Couvertures supérieure et inférieure manquantes

QUELQUES CADENCES

DU MÊME AUTEUR

LE CULTE DU MOI, trois romans idéologiques :

* **Sous l'œil des Barbares**, 1 vol.
** **Un homme libre**, 1 vol.
*** **Le Jardin de Bérénice**, 1 vol.

L'ennemi des lois, 1 vol.
Du sang, de la volupté, de la mort, 1 vol.
Un amateur d'âmes, 1 vol.
Amori et Dolori Sacrum, 1 vol.
Les amitiés françaises, 1 vol.

LE ROMAN DE L'ÉNERGIE NATIONALE :

I. **Les Déracinés**, 1 vol.
II. **L'Appel au Soldat**, 1 vol.
III. **Leurs Figures**, 1 vol.

Scènes et doctrines du Nationalisme, 1 vol.
Pages Lorraines, 1 vol.
Trois stations de psychothérapie, 1 vol.
Toute licence sauf contre l'amour, 1 vol.
Une journée parlementaire, comédie, 1 vol.
Les Lézardes sur la maison, 1 vol.
Ce que j'ai vu à Rennes, 1 vol.
Quelques cadences, 1 vol.

Pour paraître incessamment :

LES BASTIONS DE L'EST :

PREMIER ÉPISODE : **Au service de l'Allemagne** (récit d'un volontaire alsacien).

Prochainement :

Greco ou le Secret de Tolède.
Le voyage à Sparte.

MAURICE BARRÈS

QUELQUES CADENCES

QUATRIÈME ÉDITION

PARIS

BIBLIOTHÈQUE INTERNATIONALE D'ÉDITION

E. SANSOT ET Cie

53, RUE SAINT-ANDRÉ-DES-ARTS, 53

1904

Il a été tiré de cet ouvrage :
Douze exemplaires sur Japon, numérotés de 1 à 12.
Douze exemplaires sur Chine, numérotés de 13 à 24.
Vingt-cinq exemplaires sur Hollande, numérotés de 25 à 49.

N° 

NOTE DES ÉDITEURS

M. Louis Rouart a bien voulu se charger de choisir les divers fragments qui composent cette anthologie. Il a pensé qu'il pourrait prendre au hasard dans Du sang *et dans* Amori, *mais qu'il était plus intéressant puisque ceux qui s'attachent au côté poétique de M Barrès connaissent assez ces deux livres de découper des morceaux dans* Sous l'œil des Barbares, *dans le* Jardin de Bérénice, *et dans* L'Appel au Soldat.

TOLÈDE.

Le paysage de Tolède et la rive du Tage sont parmi les choses les plus tristes du monde.

Qui les fréquente n'a que faire de considérer le grave jeune homme, le *Pensieroso* de la Chapelle Médicis ; il peut aussi se dispenser de la biographie et des *Pensées* de Blaise Pascal. Du sentiment même qui est réalisé dans ces grandes œuvres solitaires, il sera rempli, s'il s'abandonne à l'âpre tragique de ces magnificences délabrées sur les hautes roches.

Un tel fond de paysage nous ramène de force à une vue générale de la nature et à cette philosophie d'ensemble qu'il est nécessaire de conserver, quand on se livre à la volupté de saisir des finesses de sentiment.

Tolède sur sa côte, et tenant à ses pieds le demi-cercle jaunâtre du Tage, a la couleur, la rudesse, la fière misère de la sierra où elle campe et dont les fortes articulations donnent, dès l'abord, une impression d'énergie et de passion. C'est moins une ville, chose bruissante et pliée sur les commodités de la vie, qu'un lieu significatif pour l'âme. Sous une lumière crue qui donne à chaque arête de ses ruines une vigueur, une netteté par quoi se sentent affermis les caractères les plus mous, elle est en même temps mystérieuse, avec sa cathédrale tendue vers le ciel, ses alcazars et ses palais qui ne prennent vue que sur leurs invisibles patios.

Ainsi secrète et inflexible, dans cet âpre pays surchauffé, Tolède apparaît comme une image de l'exaltation dans la solitude, un cri dans le désert.

. . . .

..... Le sol, la pierre, la végétation, à Tolède, désolent par leur misère, mais tel est leur style qu'il supprime chez le spectateur toute imagination vulgaire. Et puis, en bas, voici le fleuve, comme un lourd serpentement de fièvre, et les ruines du faubourg d'Antequeruela, aussi bouleversantes pour l'imagination, dans cette chaude nuit, que les cris et l'odeur des hyènes dans les cimetières d'Orient.

Apreté de Castille où passe un long soupir d'Andalousie ! Sur cette ville à la fois maure et catholique, les parfums qui montent de la sierra se marient à l'odeur des cierges échappée des églises.

L'ESCURIAL.

L'Escurial, le lieu de l'ascétisme et la traduction en granit de la discipline castillane issue d'une conception catholique de la mort.

Monté sur un rocher de cette sombre sierra où fut imposé l'énorme monastère, quel voyageur n'a subi le despotisme de ce paysage et d'une régularité si douloureuse dans cet horizon convulsé ! Mais la plupart, réagissant contre la contraction de leur âme, retournent très vite à la misérable auberge, en bouffonnant sur l'humeur mélancolique des maçons de Philippe II. Vains efforts pour renier le tremblement de leur être sous la prise du génie castillan !

Ce roi qui installa sa toute-puissance dans un caveau met sous nos yeux que « la grandeur de l'homme est grande en ce qu'il se connaît misérable. »

Penché sur l'immense Escurial que d'un tertre il dominait, Delrio s'abandonnait au vertige du gouffre ascétique ; il cédait à l'empire catholique de la douleur. Un crucifié en détresse, déchiré par les fouets, les outrages et les terreurs, impose ses couleurs à la terre ; et pour ébranler les ondes profondes de notre conscience, les cordes de l'idéal, rien ne vaut des beautés de léproserie. Ce paysage anarchique, tourmenté par de sombres passions et qui supporte le monastère royal comme une dalle écrasante de granit bleuâtre, lui semblait exactement la *composition de lieu* que présenterait à son imagination, pour la fixer, un Pascal qui médite.

Peu m'importe le fond des doctrines ! C'est l'élan que je goûte. Les ascètes d'Espagne ou de Port-Royal appelaient vivre pour l'éternité ce que nous appelons s'observer, comprendre le néant de la vie. Ces états élevés seraient-ils perdus aujourd'hui ?

Tout le jour, Delrio essaya de communiquer ces réflexions à la Pia, tandis qu'ils circulaient à travers les cours lugubres, sous des voûtes glacées où manque l'air. Ainsi tombés brusquement, du sans-effort de leur terrasse de Tolède, dans un formidable caveau scellé au milieu des sierras pour transmettre à l'éternité le tête-à-tête d'un despote et de Dieu, ils s'y trouvaient perdus comme des enfants dans la *Somme,* le Code et la Géométrie. Malaise d'âme pourtant, plutôt que physique ! Ce qui les oppressait, c'était moins cet impassible et monochrome labyrinthe que toute la conception de vie, la méthode morale, l'éthique qu'il symbolise. Bleu granit éternel, lignes inflexibles qui resserrent l'âme de telle sorte que, ne dépensant rien en gestes, ne perdant rien au dehors de son ardeur, elle soit toute tassée et brisante, comme une cartouche de dynamite placée dans la roche et qui ne peut s'évader qu'en rompant du côté du ciel !

A l'église, centre du monument, toujours ils reviennent, et quand la Pia, à travers les grilles de chapelles latérales, essaie de distinguer les richesses accumulées sur les ossuaires, ou, le long des couloirs, examine quelques portraits, sévères, mais qui, du moins, la rattachent à l'humanité dans cet épais brouillard d'ennui et d'ombre mortuaire, Delrio lui dit : « Quel contre-sens ! des curiosités particulières ne doivent pas détourner nos esprits dans cette caserne de l'abstraction. Tu risques d'amoindrir ce milieu, prodigieux parce qu'il nous met hors le temps et nous donne un sentiment détaché de tout accident individuel. »

Il approuva que, sous ces voûtes pleines de pensées indéfinissables, il n'y eût d'objet à noter que deux groupes de statues royales, par Leone Leoni, plus grandes que nature, somptueuses comme des lingots d'or et si puissantes d'expression qu'à fixer leurs visages on croit entendre leurs aveux ou, mieux encore, derrière soi, dans l'ombre, le chuchotement de leurs valets de chambre. De l'or sur des charniers, c'est tout le divertissement que doit offrir à l'imagination l'Escurial.

Petite âme, esclave frémissante de ses sensations, la Pia défaillait de fatigue et de peur mêlées. Moins pour respirer cependant que pour s'évader de cette philosophie, où la mort dépouille même son romanesque, elle s'approchait des fenêtres. Derrière leurs barreaux, elle voyait le bassin de l'Infante, auge misérable, avec des pivoines dans de sombres haies plus domptées encore que la pierre. Sous ces voûtes implacables, rien n'est donc à attendre que des jeux de sa pensée ! C'était trop de contrainte, elle parut défaillir.

Il la prit, l'entraîna et, quand ils atteignirent sur les terrasses un étang encadré de granit et que rasaient des hirondelles, elle pleura. Elle trouvait enfin, dans ce tragique implacable, quelque chose qui s'abaissât jusqu'à la mélancolie...

CORDOUE.

J'étais assis sur les marches de pierre, à l'ombre des murs, dans la cour de la mosquée de Cordoue. Le gardien, l'heure de son déjeuner venue, ne m'avait pas permis de rester dans le sanctuaire et, par cette belle après-midi de mai, j'attendais que, sa sieste terminée, il rouvrît les portes. Devant moi, sous les palmiers, passaient les enfants qui vont à la fontaine, et je les louais de savoir tenir leurs amphores sur leurs hanches naissantes. Chaque fois que ces petites Sarrasines posaient leurs pieds souples, j'admirais le frémissement de jeune bête qui courait dans tout leur corps, dans leurs jeunes corps, crottés et délicieux comme un raisin du bas du cep.

Près de la vieille mosquée et dans ce verger d'enfants, mon imagination, excitée par cette atmosphère de mort et de voluptés éphémères, évoqua des vers de mon cher Jules Tellier :

Philippe, Herennius, Géta, Diadumène...

harmonieux développement sur les Césars enfants, princes de la jeunesse aux lèvres faites pour les baisers, que l'univers fêtait et qui soudain, les légions acclamant un nouvel empereur, étaient assassinés avec leur père :

Et je plains ces Césars si beaux, et plus [qu'eux tous,
Ce Philippe l'Arabe au regard triste et [doux,
Qui n'avait pas encore douze ans, quand [un esclave
A son tour l'égorgea sans qu'il poussât un [cri,
Qui savait tout d'avance et n'a jamais [souri.

Quel décor eût mieux convenu à

ces émouvantes images que Cordoue qui fut amoureuse de Pompée, où Sénèque naquit, où toute femme nous assassine d'un regard et d'un tour de hanches sarrasin ? Antique Cordoue, mêlée de légendes romaines et mauresques, sinistre et attirante dans l'histoire comme une bague dans une mare de sang !

Entre les innombrables colonnes de sa mosquée, où le marbre, le porphyre et le jaspe prennent des teintes d'une beauté sensuelle comme de la chair ou des velours, dans les furtifs jardins intérieurs où luisent doucement les faïences, tout le jour je crus entrevoir la tête si grave et si jeune de Philippe l'Arabe dont le teint mat ne fut altéré que du sang qui jaillit, le jour qu'on la planta sur une pique... Et le soir, voici la biographie que je me plus à lui composer, au soleil couchant, dans les jardins où fuit le Guadalquivir, auprès de Cordoue toute parfumée des jasmins que portent ses femmes dans leurs cheveux.

J'imagine qu'il vint, Philippe l'Arabe, dans cette campagne où je me satisfais, ce soir, de solitude. Et, là même, où ces bœufs soufflants, casqués de fleurs entre leurs cornes et noblement écorchés par le dard des agaves, reviennent en foulant les bardanes, les glaïeuls et les durs cailloux, pour réjouir et honorer le jeune César, fut organisée, sous des palais improvisés, une grande fête.

Je ne puis me composer une image précise, comme feraient des érudits, de ce que fut cette soirée, mais à toutes les époques, des hommes et des femmes mêlés se désirent les uns les autres, en même temps qu'ils s'envient. Parmi toutes ces vanités dont il était le centre, au milieu de ces corps impurs et délicats, froissés de bijoux, Philippe était étourdi par la poussière et les obsessions des femmes. Il ne regardait avec plaisir que deux jeunes filles d'Angleterre, amenées là par quelque hasard.

Alors ses chambellans, connaissant sa manie, firent écarter la foule ; les lumières s'éteignirent, la tiédeur des nuits d'Andalousie pénétra la salle, et un chanteur merveilleux, qui, seul, pouvait détendre le cœur contracté de l'enfant, s'avança... Quand les dernières notes se furent échappées de son gosier, on ranima les torches, et à ce moment toutes les femmes, se tenant par la main, coururent sur une grande ligne, et, d'un pas rythmé, jusqu'à son trône, comme on voit dans les ballets. Avec l'aube naissante, l'épuisement de l'Arabe était infini. Disposé par le surmenage nerveux aux tendres cultes de l'Orient, il n'avait pas de religion, car l'armée et non les temples, avait disposé de son enfance. La ressource d'Héliogabale lui manquait qui, si souvent, au milieu des murmures romains, se renversa sur son siège, dans les cérémonies publiques, pour ne pas perdre de vue son Dieu qu'on portait derrière lui. Mais, contemplant toutes ces femmes aux bras levés, aux poitrines nues, et leur éclat passionné, et leur cou si mollement rejeté en arrière, et la vigueur de leur danse, il ne put retenir les pleurs sans cause qui soulevaient sa poitrine d'enfant encore impubère.

Sans le comprendre, on s'excusait et l'on déplorait que cette fin de fête lui eût été pénible, mais il répondit : « De toute la soirée, c'est mon premier plaisir. » Et les rhéteurs ajoutèrent : « Il étouffait de ne pouvoir pas pleurer. »

Le hasard fit que, dans l'orgie militaire qui suivit son départ, un incendie terrible se déclara, où presque toutes les femme furent brûlées. Le César voulut qu'on leur rendît les honneurs, mais il avait pleuré à l'idée qu'elles étaient périssables et il ne pleura point qu'elles périssent.

Tristesse et volupté mêlées, à dire vrai, indéfinissables, premières mélancolies que procure la beauté, mais aggravées ici par un isolement hors nature. Misérable et abandonné au faîte de l'Empire, sur le sommet du monde, il souffrait que tous les rapports entre lui ou les choses fussent faussés.

. . . .

J'imagine que le jour où les soldats soulevés égorgèrent ce César au teint mat et aux grands yeux, c'est dans les jardins du Guadalquivir, sous les feuilles des bananiers, derrière des haies de jasmins ouverts qu'ils le trouvèrent. Jasmins jaunes enivrants de parfums, grands cites blancs si purs et dont les pistils dorés frémissent entre les pétales immaculés, et vous surtout, magnolias gigantesques, exubérants de fortes fleurs, je vous vis plus beaux qu'aucune assemblée de courtisanes. Vous m'avez fait entrevoir quelle souffrance doit être le bonheur parfait ! Dans le silence et la volupté de Cordoue, les battements de notre cœur étaient contrariés de tristesse angoissante, sans cause et sans douleur, simplement pour dépenser la quotité de larmes qui fut attribuée à chaque créature...

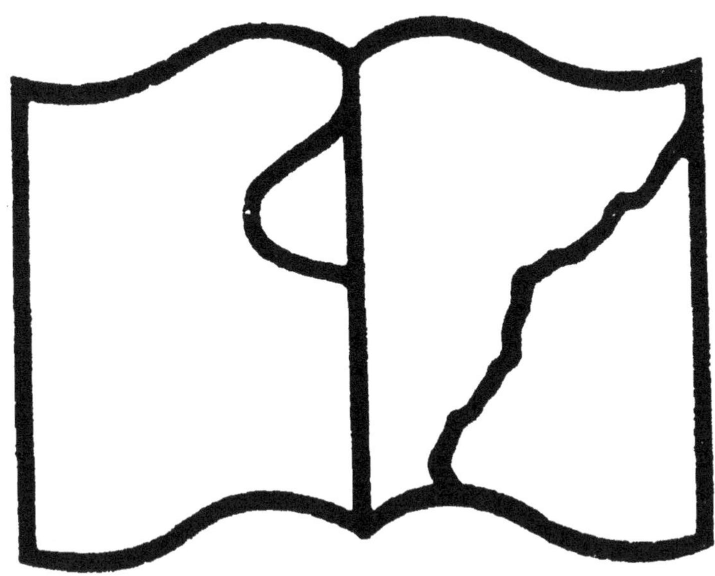

Texte détérioré — reliure défectueuse

NF Z 43-120-11

Chapelles secrètes et fraîches que m'ouvraient, par ces après-midi où chacun dort, des petits complaisants, bien faits, semble-t-il, pour porter des billets et même pour servir de femme de chambre, vous m'offriez de si étranges meubles, bahuts, commodes, supportant des brassées de lys et les dernières fleurs du magnolia, que l'impression emportée de chez vous, c'est la familiarité d'un appartement intime où flottent les secrets d'un ardent amour. A San Jacinto, précisément au faubourg de Triana, je sais un Christ étendu sur une couverture piquée, que soutiennent deux oreillers, avec sa couronne d'épines auprès de lui déposée.

Ce n'est point dans les musées de Séville ou de Madrid, qu'on trouve le dernier mot du plaisir autochtone. Ils sont suspects d'italianisme. Les vraies délices, c'est où se trouve le tour de reins espagnol, une manière brusque, vraiment terrible, de prise sur nos sens. Tragiques poupées espagnoles, en bois, vêtues de velours, baguées de rubis, combien vous êtes intéressantes, encore que vous ayez voulu, pour cacher vos visages contractés, une demi-nuit autour de vous ! Goya, avec ses toreros et ses sorcières déhanchées, nous fait connaître ces ardeurs-là. Faiblement, car, de la mort et de la sensualité des martyrs, il a glissé aux drames du taur[illegible] et de la galanterie. Il semb[illegible] une suprême poussée de la sève tarissante de cette race. Mais le secret de l'Espagne, si jamais je l'entrevis, c'est aux profondes alcôves de ses églises sans gloire, tandis qu'en dépit des grilles et des ombres j'adorais ces poupées faisandées, ces corps déshabillés et saignants, ces genoux et ces coudes écorchés du Christ. Le Christ, jeune homme de trente ans sur qui des femmes passent un linge mouillé.

LES TAUREAUX A SÉVILLE.

Au cirque de Séville, et sous quel soleil ! « Eau fraîche ! » criaient d'une voix scandée de jeunes garçons. D'abord, quatre chevaux furent éventrés. Sur le silence de cette foule, j'entendais, sourde comme un éclaboussement, l'entrée des cornes dans ces ventres. Impression sinistre de convoquer la mort dans une fête ! Je ne sentais plus qu'elle par-dessus nous tous, et j'en étais contracté de terreur. Puis, le jeune dieu de la nature, le taureau aux naseaux sanglants, ramassé, furieux comme un taureau, c'est-à-dire plus beau qu'aucun homme passionné, secoua sur ses cornes une pauvre loque, si molle et lamentable, de cavalier. Le matador maladroit, trop comédien dans ses broderies collantes, laissa quatre épées dans la bête, héros qu'il fallut poignarder par-dessus la barrière. Le peuple, enragé, trépignait, pareil à un témoin qui s'amuserait dans un duel.

« Si j'aimais cela, me disais-je en sortant, je serais amené à courir moi-même un risque. Mais être témoin et s'y plaire ! L'incompréhensible plaisir ! »

Dans son ivresse aussi, ce peuple me donnait des coups de canne sur la tête, car tous gesticulaient debout tandis que je restais assis, et ces familiarités contribuèrent à me dégoûter.

Dans la suite, je revins sur cette appréciation. Peut-être avais-je été de mauvaise foi dans l'expérience. Il fallait me prêter à la force enivrante qui s'exhale d'un carnage. Des âmes subtiles se lèvent du sang versé, une vapeur nous pénètre et réveille en nous la bête carnassière. Pour l'humanité, c'est un bain de jeunesse, de la plus jeune jeunesse, voisine encore de l'animalité.

. . . .

De la campagne, en toute saison, pour moi s'élève le chant des morts. Un vent léger le porte et le disperse, comme une senteur, et c'est l'appel qui m'oriente. Au cliquetis des épées, le jeune Achille, jusqu'alors distrait, comprit, accepta son destin et les compagnons qui le réclamaient sur leurs barques. La fatalité attend son heure dans les tombes. Le cri et le vol des oiseaux, la multitude des brins d'herbes, la ramure des arbres, les teintes du ciel, et le silence des espaces nous rendent intelligible qu'une éternelle nécessité nous presse.

Les tentes posées par des nomades, chaque soir, dans un pays nouveau, n'ont pas la solidité des antiques maisons héréditaires, mais quelle joie pour ces errants de se mêler aux races autochtones et de dire avec elles l'hymne du matin, tandis que, pour l'embellir, la mémoire secrètement y mêle les chants appris la veille chez des étrangers !

SYLLABES CHANTANTES, TERRASSES PARFUMÉES.

Jardins Giulia, Melzi, Sommariva, Serbelloni syllabes chantantes, terrasses parfumées et lumineuses ! Pourtant c'est déjà l'automne ; une pluie chaude tombe sur les arbres. Sur les pentes qui enserrent le lac, l'allée où je me promène est droite comme un balcon et partout offre des bancs ; sans effort, sans pensée, au milieu des myrtes, des citronniers, des palmiers, on s'enivre à la « coupe de lumière » qu'est ce paysage. Mais c'est de l'automne, plus encore que de la flore méridionale, qu'est fait, selon mon goût, le charme de ces bords...

Si facile, indulgent de climat,

rejetant toujours le voyageur dans ces barques où l'on s'étend, où l'on rêve, le pays de Côme convient à tous ceux qui se proposent de ne pas résister à leur passion. Cet air léger, élégant jusqu'à la fadeur, ne fut depuis des siècles qu'une gracieuse haleine de jeunesse et de plaisir. Parfois, dans ces belles journées si lentes, paresseuses, bleuâtres, on voudrait que le lac se soulevât un peu ; jamais je ne le vis plus bruyant que le froissement de la soie contre une femme.

Sont-ce ces fleurs, si nombreuses qu'à les voir on pense invinciblement aux chambres mortuaires de nos grandes villes? Devant les images les plus voluptueuses, on est toujours contraint d'envisager le désagrément de mourir un jour. En parcourant le lac de Côme, je cherchais les cimetières. Ils pourraient y être admirables. Je voudrais que ces pentes si âpres dans le haut, puis, à mi-côtes, vertes de feuillages, égayées de villas, de doux jardins aromatiques, finissent çà et là par des tombes.

L'eau les caresserait rejetée sur les bords par les barques de plaisir.

Le plaisir rapide, la volupté et la mort, voilà quelles seraient les couleurs de ce *Roman du lac de Côme*, bien facile à écrire pourvu que l'auteur se fût renseigné abondamment et qu'il eût trempé ses feuillets parfois dans cette eau où tant de mains fiévreuses cherchèrent un peu de fraîcheur, tandis que glissait la barque...

. . . .

ISOLA BELLA.

Isola Bella, la perle du lac Majeur, le lieu légendaire de la douceur et de la beauté, où tout notre être est raréfié ! A ce nom sublime, à la foule qui dans un même amour se presse pour débarquer sur cet étroit terrain divin, j'oublie toutes les imperfections : on va toucher à la pure volupté. Je veux me donner le chagrin de la refuser. Le bateau s'éloigne et seul je demeure sur le pont. Les terrasses d'Isola Bella étagent leurs romanesques décors, leurs statues qui montent vers le ciel comme des cris de bonheur, leurs végétations empruntées au monde entier et neuves sur l'imagination comme des frôlements inconnus.

. . . .

Le voyageur qui vient du Nord, quand il visite l'Isola Bella, voit les larmes, entend les soupirs, répond aux mouvements d'amour des belles héroïnes du Tasse et d'Arioste. Ces divines harmonies, ces conceptions inconséquentes, tout ce romanesque plus oriental que la mélancolie des nuits asiatiques, sortent des domaines de la rêverie, deviennent ici possibles, voire nécessaires. Le voyageur appelle les Voluptés, il leur offre sa jeunesse, il regrette, comme Faust, de n'avoir pas eu la sagesse de la leur faire accepter.

Ces vieux bosquets qui n'ont plus d'Armide ni d'Alcine valent toujours par une profusion de plantes de tous les climats, et l'impression redouble de terrasse en terrasse, parce qu'on change à chaque fois de culture, sans que l'harmonie, comme c'est l'inconvénient des jardins botaniques, soit détruite par le mélange d'espèces disparates. Des groupes abondants de limoniers, d'orangers, de camélias, de camphriers, de magnolias et de cèdres du Liban nous composent successivement l'atmosphère de toutes les provinces du monde méridional.

Je pénétrai sous une haute futaie de lauriers. C'était, en plein jour, l'ombre la plus saisissante et par quoi s'augmentait encore la noblesse de ces branches sacrées. Noirs rameaux et feuilles lisses ! A mon pas, une vingtaine de colombes se levèrent de terre, mais d'un vol si lourd qu'on eût pu les prendre dans la main. J'en fus beaucoup touché, parce qu'elles me parurent demi-ivres des parfums accumulés sur des terrasses si étroites par tant d'arbres de tous les climats. Cette atmosphère unique dans l'univers semblait les étouffer. Nul aujourd'hui ne se promène sans malaise parmi tant d'essences accumulées par la violence d'un art pompeux. C'est le royaume de la fièvre ; c'est une beauté irrespirable.

Le Sodoma ! c'est la volupté du Vinci : mais le trouble qui déjà nous inquiétait dans le sourire lombard, ici gagne tout le corps. Ce n'est point le mystère cérébral qui fait seul notre curiosité à l'oratoire de San Bernardino, à l'église de San Domenico, devant ces tableaux multipliés par le Sodoma avec une telle fécondité que l'esprit de Sienne en est tout modifié et que, d'histoire et d'aspect si rudes, elle nous emplit pourtant de mollesse.

A Florence déjà, devant le *Saint Sébastien* des Offices, nous avions soupçonné son secret. Ce qui fait l'émoi de ce merveilleux jeune homme ce n'est point la flèche qui traverse son cou, ni celle qui met sur sa cuisse deux minces filets de sang. Nulle femme ne s'y trompera. Involontairement, elles s'avancent pour recevoir ce beau corps dans leurs bras. Lui-même, avec cet air de vierge et sous cette impression nouvelle, croit mourir, veut des bras qui le serrent. L'extase, l'angoisse de ses yeux, de sa bouche entr'ouverte, avouent ce que nous dit d'autre part la sombre et brûlante image du Sodoma.

On peut le voir, peint par lui-même, dans une fresque de Monte Olivetto. Cette impérieuse figure olivâtre, ce long ovale qu'accompagne une large chevelure noire tombant jusqu'aux épaules, et puis ces yeux splendides, cette bouche trop épaisse... Ah ! te voilà bien, Antonio Bazzi, *detto* il Sodoma !

Chez un tel homme, les images sensuelles rompent l'harmonie ou, pour parler librement, la médiocrité de notre vision ordinaire. Il transforme dans son esprit les réalités du monde extérieur pour en faire une certaine beauté ardente et triste.

Ils ont raison de se choquer, de s'épouvanter, ceux pour qui l'art n'est point un univers complet et qui, ne sachant point s'y satisfaire exclusivement, tenteront de transporter des fragments de leur rêve dans la vie de société : rien n'en résultera que désastres.

Les jeunes gens du Sodoma, qui mêlent à la vigueur physique attestée par leurs muscles d'athlètes une expression intellectuelle si aiguë qu'elle en devient douloureuse, sont une vision épuisante. L'exaltation psychique unie à cette force de vie atteint les plus hautes expressions du désir, du désespoir, de l'ardeur à la vie, et provoque en nous, tout au fond de notre conscience, des états inconnus dont la force surgissant pourrait bien rompre l'ordre social.

De ses femmes, les sentiments ne sont pas moins aigus. La *Madeleine* sur l'épaule du Christ mort appuie sa joue, lui tient la main, avec quelle secrète douceur ! Jamais tant qu'il vécut elle n'osa ce geste familier qui lui est infiniment sensible. — Voici sa *Judith*, jeune fille qui rentre au camp des Hébreux. A la voir qui passe ainsi ce matin-là, ne dirait-on pas une vierge dont aucune image jamais ne brouilla le regard ? Et pourtant Holopherne était un vigoureux vivant ! Comme une femme oublie l'acte auquel elle s'est prêtée ! Petites mains qui tenez ce sabre sanglant, avant que le coq ait chanté, ne fûtes-vous pas deux petites mains frémissantes et caressantes ? — Et dans la fresque où le peintre représente l'épisode fameux du condamné qui, pour mourir sans blasphémer, exigea que la sainte lui tînt la tête sous la hache du bourreau, le groupe des vierges, accourues pour voir sur le tronc décapité le désordre de la mort, nous révèle le goût impur de la femme pour le sang et pour l'épouvante. Dans toutes les filles de Montmartre haletantes de détails sur le dernier guillotiné, Sodoma m'a fait reconnaître Hérodiade. — Mais de ce maître, la force expressive sublime, c'est *Sainte Catherine* exténuée. Ce qu'elle fut, cette sainte, de qui Sienne est remplie, on l'entrevoit d'après ses portraits à peu près authentiques : une vieille fille énergique, fort intelligente, que n'arrêtaient ni le respect humain ni les obstacles. Ses ardeurs, très réelles, n'ont rien à voir avec la mollesse. Leur qualité apparaît toute dans sa démarche auprès de Grégoire XI, qu'elle fit rentrer dans Rome : « Pour accomplir votre devoir, très saint Père, et suivant la volonté de Dieu, vous fermerez les portes de ce beau palais et vous prendrez les routes de Rome où les difficultés et la malaria vous attendent, en échange des délices d'Avignon. »

Comment cette femme d'action, de génie énergique, exaltée par ses méditations solitaires, devint-elle dans les arts le plus voluptueux symbole ? La figure de sainte Thérèse a subi une transformation analogue. La légende toujours auréole de trouble et de charme ceux qu'elle choisit. L'imagination populaire ne peut s'accommoder de faits précis et répugne à l'analyse des caractères.

. . . .

L'Évanouissement de sainte Catherine, par Sodoma, avec son corps ployé dont les molles étoffes nous révèlent la défaillance, provoque et contente nos forces secrètes. C'est tout notre être qui s'intéresse là. Un parfait objet d'amour, voilà ce qu'a mis Sodoma dans San Domenico de Sienne, et l'installant si mol et trempé de passion parmi ces duretés, il a créé un des contrastes les plus puissants que le monde de l'art propose à ses voluptueux.

L'horizon de Florence fournit au spectateur l'humilité penchante d'un Giotto, les formes sérieuses d'un Ghirlandajo, le précis, la finesse et la symétrie d'un Lorenzo di Credi. Sur la droite de la terrasse Michele-Angelo il y avait, hier au soir, un verger d'oliviers argentés, si tristes, si délicats, avec ces petits gestes sans tapage que font leurs branchages ténus ! Et c'était tout Botticelli avec la grâce de sa Simonetta. Pré d'oliviers, refuge de la beauté, d'une beauté un peu boudeuse, un peu précieuse aussi, légèrement contournée et que ne surcharge aucune parure. Cette Toscane d'ailleurs, pour livrer l'essentiel de soi-même, n'a pas besoin des circonstances favorables de l'heure. En plein midi, un dimanche, tandis que le son éclatant des cloches dans l'air embrasé se confond avec la vibration du soleil, les montagnes de l'horizon de Florence, nettes, déterminées et précises comme du métal, gardent la souplesse du plus bel âge de sa sève, de telle façon que le Bargello, où tous les adolescents de la Renaissance florentine nous émeuvent par la puissance de leur bronze et le frémissement de leur jeunesse, nous apparaîtra comme la collection, le haras des forces fécondes que nous avions vues éparses sous le plein soleil de Toscane.

Aucune passion, mais les comprendre toutes ! c'est la formule des analystes.

Esprits vastes et mornes, ils évoquent à l'imagination ces plaines d'eau où se reflétaient en fuyant les voluptueuses galères de Cléopâtre. Mais posséder les furtives images de toutes les souffrances et de tous les bonheurs, cela valut-il jamais, pour remplir nos jours, une seule fièvre émouvante ?

. . . .

Un jour que *la Poja*, fille jeune et toute nue, dansait le tangô sur la table branlante d'un mauvais lieu d'Andalousie, ses seins frémissaient moins que les cœurs des matelots ivres qui pour cent sous l'allaient posséder. Or, je le vis, ces hommes grossiers, en cet instant, communiaient avec cette femme et avec la vie universelle d'une façon plus étroite que ne firent jamais les hommes de systèmes, et de celle que dévoraient leurs yeux enflammés, ils se faisaient une image incomparablement plus vivante que n'est aucun des chefs-d'œuvre d'observation suspendus par La Tour dans les froides salles de Saint-Quentin.

La puissance de cette ville sur les rêveurs, c'est que, dans ses canaux livides, des murailles byzantines, sarrasines, lombardes, gothiques, romanes, voire rococo, toutes trempées de mousse, atteignent sous l'action du soleil, de la pluie et de l'orage, le tournant équivoque où, plus abondantes de grâce artistique, elles commencent leur décomposition. Il en va ainsi des roses et des fleurs du magnolia qui n'offrent jamais d'odeur plus enivrante, ni de coloration plus forte qu'à l'instant où la mort y projette ses secrètes fusées et nous propose ses vertiges.

. . . .

Le charme puissant de ces petits

canaux, pleins d'ombre dans le bas et violemment illuminés au faîte, vient en partie du contraste de leur fraîcheur avec la réverbération du soleil sur les eaux plus larges. Jusqu'à midi, dans ses quartiers pauvres et resserrés, Venise a cette jeunesse étincelante qui, dès neuf heures, disparaît de la campagne avec la rosée. Et puis, que les cris sont jolis dans son grand silence ! Ce silence, à bien l'observer, n'est pas absence de bruits, mais absence de rumeur sourde : tous les sons courent nets et intacts dans cet air limpide où les murailles les rejettent sur la surface de la lagune qui, elle-même, les réfléchit sans les mêler. C'est ainsi que, dans les solitudes forestières, les trilles des oiseaux, parce qu'ils gardent pour notre oreille une signification précise, font valoir le repos plutôt qu'ils ne le rompent.

. . . .

Mélancolie délicieuse de ces palais déshonorés par des fenêtres closes de planches, pillés par tous les marchands et plus dignes d'amour dans cette détresse que leurs frères du Grand Canal, réparés, irréparables où je crois voir à la loggia le visage de Jézabel.

. . . .

Le centre secret des plaisirs, tous mêlés de romanesque, que nous trouvons sur les lagunes, c'est que tant de beautés qui s'en vont à la mort nous excitent à jouir de la vie.

UN COUCHER DE SOLEIL AU RETOUR DE TORCELLO.

Je fus averti qu'un tel jour approchait de son terme par les torrents de sang qui se mêlèrent à la lagune. Le soleil, en la quittant, ne voulait-il laisser derrière lui qu'une belle assassinée ? De monstrueuses araignées travaillaient à relier de leurs fils les chétifs arbustes de la rive. Les crabes se hissaient hors de l'eau C'était l'heure de la plus active fermentation, et pour gagner Venise j'avais encore un long temps de gondole.

L'eau qui entoure San Francesco est plus morte que sur aucun point de cette mer esclave. Nous serpentions dans un chenal étroit, à travers des terres demi-noyées et faites d'herbes pourries, d'où se levaient de grands oiseaux. Tout auprès de nous, les perches dressées pour avertir les bateliers semblaient des tracés posés sur un tableau sublime pour guider d'inhabiles copistes. Là-bas, sur notre droite, Venise, au ras de la mer, s'étendait et devait faire une barre plus importante à mesure que le soleil s'anéantissait. Des colorations fantastiques se succédèrent qui eussent forcé à s'émouvoir l'âme la plus indigente. C'étaient tantôt des gammes sombres et ces verts profonds qui sont propres aux ruelles mystérieuses de Venise ; tantôt ces jaunes, ces orangés, ces bleus avec lesquels jouent les décorateurs japonais. Tandis qu'à l'Occident le ciel se liquéfiait dans une mer ardente, sur nos têtes des nuages enivrants de magnificence renouvelaient perpétuellement leurs formes, et la lumière crépusculaire les pénétrait, les saturait de ses feux innombrables. Leurs couleurs tendres et déchirantes de lyrisme se réfléchissaient dans la lagune, de façon que nous glissions sur les cieux. Ils nous couvraient, ils nous portaient, ils nous enveloppaient d'une splendeur totale, et, si je puis dire, palpable. Vaincus par ces grandes magies, nous avions perdu toute notion du réel, quand des taches graves apparurent, grandirent sur l'eau, puis nous prirent dans leur ombre. C'étaient les monuments des doges.

Nous rentrâmes dans la ville avec un sentiment de stupeur et de regret, avec la courbature générale que dut avoir Lazare à sa résurrection. Au sortir des sépulcres de Burano, de Torcello et de Mazzorbo, nous venions d'être ravis, la fièvre aidant, jusqu'aux fulgurations que les croyants placent après la mort.

Au reste, il est impossible de rapporter l'agonie du soleil sur la lagune vénitienne. Après s'être prodigué jusqu'à nous contraindre à sortir de notre personnalité, il nous touche le front d'un dernier rayon pour nous dire : « Et maintenant, oublie ; il ne faut pas que ces choses soient révélées. » C'est qu'alors nous atteignons aux points extrêmes de la sensibilité, quand le rare s'élargit et se défait dans l'universel, et que notre imagination, à poursuivre le but sans trêve reculé de nos désirs, s'abîme dans une lassitude ineffable. La nuit qui succède à ces aspects extraordinaires envahit aussi notre cerveau, et leur conjuration ne nous laisse que des souvenirs vacillants.

Je suis allé respirer un myrte du désert : comment prouver son parfum, dont la poésie provient de ce qu'il se dissipe stérilement et retombe aux miasmes d'un rivage décrié !

Comme un amant abandonné, au lit de sa maîtresse, glisse toujours vers le centre où leurs corps réunis pesèrent, le véritable voluptueux revient toujours à quelques psaumes monotones... Tel un sultan dépossédé, dans les veilles bleuâtres d'Asie, des femmes que la nuit embellit, des roses que la nuit parfume, du jet d'eau que le sérail endormi fait plus secret, ne reçoit que des confidences sur l'insolence de ses ennemis triomphants.

. . . .

De plus en plus, si je suis seul, je ne sais pas me soustraire au roman vaporeux de la mort. Durant des jours et des semaines, un philtre d'insensibilité m'isole de la vie. Durci par l'indifférence, je me sens tout glacé de morne ennui, cependant qu'au secret de mon âme tournoient dix souvenirs les plus aigus, les dominantes de mon mécontentement. De la profondeur sous une surface calme. Brillante lagune qui reflétez deux rives de palais, sous ce miroir mensonger que faites-vous de la Venise écroulée ? Je m'abandonne avec jouissance à la plus stérile mélancolie, en éprouvant tout ce que ma situation offre de poignant ou d'amer. Rêveries douloureuses, mais inépuisables, enivrantes. Cilices sous les brocarts ; mais quelles étoffes d'or et d'argent, quelle musique, quelles combinaisons harmonieuses !

A Bénarès, sous les feux d'un lustre, tandis que les vapeurs bleues montent des cassolettes, quatre femmes à la ceinture nue, la gorge, les reins et les jambes enveloppés de soies où tremblent des mouchetures d'or et d'argent, dansent durant les longues nuits brûlantes. Elles élèvent, jettent en arrière, laissent retomber languissamment leurs bras ; les corps frissonnent, les hanches ondulent, les petits pieds nus piétinent sourdement les planches, les têtes se renversent pâmées. Quelle nostalgie immobilise alors les chefs les plus actifs et les plus fiers ? Les heures s'écoulent. Deux cymbales, un chalumeau, un tambourin, parfois une seule cithare, répètent indéfiniment la phrase mélancolique et grêle qui se dévide toujours pareille, et toujours demeure en suspens. Désir qui revient heurter sans trêve et qui ne trouvera pas à s'assouvir. Flot qui monte et descend l'escalier des palais de Venise sans laver leur affront, ni consommer leur ruine.

Ces quatre bayadères qui tournoient dans les parfums d'une chambre close par une nuit accablée d'Orient, ces beautés fières et tristes qui me rassasient des rêves de la mort et dont je n'ai jamais satiété, sont-ce des fantômes, une chimère de mon cœur, une pure idée métaphysique ? Je sais leurs noms. L'une murmure : « Tout désirer » ; l'autre réplique : « Tout mépriser» une troisième renverse la tête et, belle comme un pur sanglot, me dit : « Je fus offensée » ; mais la dernière signifie : « Vieillir ». Ces quatre idées aux mille facettes, ces danseuses dont nous mourons, en se mêlant, allument tous leurs feux, et ceux-ci, comment me lasser de les accueillir, de m'y brûler, de les réfléchir ?

Dans cette débauche, aurai-je un compagnon ? Je ne me propose point ici de discipliner mes idées pour que ces belles danseuses fassent un raisonnement. Je me déchire sur leur beauté. Volupté, douleur ? Je ne sais. Morne insensibilité, exquise émotivité ? Je ne veux dire, je ne puis distinguer.

VERSAILLES (1).

Sturel entra dans la plaine Saint-Antoine, vers une heure de l'après-midi, par le boulevard de la Reine. Le soleil d'extrême saison, ce pâle et froid soleil qu'enfant il avait aimé sur les vignes de Lorraine, couvrait de grands espaces de verdure, et des vaches éclatantes paissaient dans un long cirque de peupliers, d'ombre profonde et d'humidité. Sur sa gauche, où régnait le Parc, Sturel ne voyait rien qu'à travers des rideaux miroitants ; la nature effeuillée sauvait encore le mystère des bosquets, et parce qu'il

(1) Conférer dans *Du sang* d'autres pages sur Versailles et la mort de Gounod : *Sur la décomposition.*

rapportait tout à ses déceptions, il évoqua la femme peinte au Campo-Santo de Pise qui voile sa figure et regarde entre ses doigts : il lui donnait les formes de Thérèse de Nelles. Sa honte d'un nouvel amour ne la rendait que plus touchante. En vain les premières gelées brûlèrent ces beaux arbres à demi dépouillés : un froid soleil, souvenir lointain des ardeurs de l'été, donne de l'âme à leurs branchages, les enrichit de tous les ors, et quand un souffle détache une nouvelle volée de feuilles, c'est l'immorale pluie au sein de Danaé.

Ces milliers d'arbres vigoureux qui dessinent une magnificence abondante et légère comme un tissu brodé de l'Inde auraient pu reprocher à Sturel son anarchie intérieure ; il ne perçut d'abord sous leurs cimes que du silence, de la douceur, une crainte flottante. Sublime monument, ces parcs de Versailles, en même temps qu'ils donnent une discipline française à leurs visiteurs bien nés, ébranlent nos puissances profondes de romanesque. Et dans ce début de décembre, au seuil de ce paysage, la même qualité morale s'exhalait que du calme d'un malade à la veille d'une douloureuse opération.

Au milieu de cette grâce, à tous instants s'ouvraient dans le fourré de profondes allées d'un caractère grave et solitaire. Sturel vivait une de ces journées où tout nous propose un examen de conscience. Sous ces nefs, où les feuilles multicolores de l'automne finissante, aussi magnifiquement que les verrières de Chartres, transforment la lumière, il s'engagea comme on descend aux caveaux et dans les méandres de son passé.

Le tapis du parc varie selon l'essence des arbres et la facilité qu'eut la pluie à le ternir. Quand le sol se bombe ou se rentre, les rayons réfractés avec des angles inégaux y fournissent mille feux non pareils. Parfois, dans le lointain, un bassin de marbre s'offre au bout des charmilles dont l'ombre zèbre le sol.

Sur les côtés filent des sentiers étroits entre des haies rigoureusement taillées, et chacun d'eux aboutit à des petits bosquets où des bancs de Carrare délavé assistent à la chute des feuilles dans l'eau des vasques. De ces ronds-points déserts, huit chemins abandonnés mènent chacun à des solitudes d'où rayonne encore un système d'allées, toujours mélancoliques et de même enchantement, mais plus pressantes à mesure que leurs dédales se multiplient. Les feuilles se détachaient et glissaient en se froissant de branche en branche. Avec le moindre bruit, elles se couchaient, ne voulaient plus que pourrir. Un vent léger se leva qui les entraînait doucement, les faisait rouler comme des cerceaux d'enfants, les poussait jusqu'aux vasques croupissantes où des plombs bronzés, que gâte l'humidité poisseuse, émergent à fleur d'eau. O mort émouvante, formes ambiguës de la décomposition, couleurs liquéfiées où rampent les animaux répulsifs ! Nul passant, rien que la mort et la gamme de ses marbrures, et des affinités si puissantes qu'un Sturel s'attarde à se mirer dans cette mosquée aux coins d'ombre où flamboient des bijoux, — mais où manque le Mihrab, le Saint des Saints, — comme dans sa conscience désabusée et pleine des bois morts de son beau roman.

. . . .

Au cours de l'après-midi, son interminable promenade l'ayant conduit des sombres bosquets au « Jardin du Roi », il frémit d'aise à cette architecture végétale et sous cet art de disposer les réalités de manière qu'elles enchantent l'âme. Dans ce cadre d'arbres et d'essences savamment échantillonnés, la vaste pelouse, avec sa précieuse colonne en marbre vert, sous les peupliers idéalistes, c'est-à-dire dont chaque branche remonte vers le ciel, lui parla. « Je suis une scène trop noble, disait-elle, et l'on me voit déserte faute d'acteurs suffisants. » Au fond de ses désastres, il éprouva de cette pensée une consolation et se répéta qu'il vaut mieux faire relâche que se satisfaire d'indignes jeux.

. . . .

D'une rive à l'autre de cette vaste pièce d'eau, qui prolonge le tapis vert et compose une vue aux fenêtres du palais, le promeneur embrasse une muraille de grands arbres. Rien de pathétique comme leurs masses immobiles et courbées sur un morne étang. Incomparable union décorative des verts et des jaunes que fournissent l'eau, la prairie et les arbres, et puis de cette vieille pierre grise qui encadre le Canal ! Le même vent ridait le miroir et dépouillait les arbres. Pour un homme que sa passion déçoit, il y a une sorte d'hypnotisme à suivre les feuilles tournoyantes sur des eaux vertes, qui éludent toute curiosité. Que me réservent les événements ? Me perdrai-je comme cette feuille se noie ? Cette eau impénétrable, c'est le sourire de la Joconde qui sait l'avenir et ne révèle rien.

. . . .

Versailles, harmonieux symbole,

contient toute la théorie de la discipline française ; un plan raisonnable et les siècles contraignent les pierres, les marbres, les bronzes, les bois et le ciel à n'y faire qu'une immense vie commune.

. . . .

Le jour, si bref en cette saison, commença de décliner. Sturel, à quatre heures passées, se tenait en haut des six marches contre le Palais. Des teintes sombres paraient maintenant les espaces du Parc. Les deux bassins de la terrasse, dont les eaux semblaient de bronze vert, frémissaient, enchâssés dans leur étroit gazon. A l'extrémité du perron, un vase sculpté prenait de la perspective une importance énorme, et, vide, égalait presque les belles têtes mouvantes des marronniers sur la pente. Là-bas, le Grand Canal, au delà du char embourbé qui devenait noir, prit une extraordinaire couleur jaune. Un royaume de silence s'étendit jusque sur les parties les moins sombres elles-mêmes du domaine royal. Dans cette puissante discipline, quand les feuilles gelées à terre, les branches noires, les marbres rongés, sous un ciel où courent les nuages, utilisent en beauté les apprêts de leur mort, et, précaires, vibrent ensemble comme un seul grand cœur, quel spectacle pitoyable deux Français tourmentés, qui n'ont plus une patrie où leur sang puisse refluer et se recharger d'amour !

UNE PARTIE DE CAMPAGNE DANS LA BANLIEUE DE PARIS.

Une toute petite voiture traînée par un âne les attendait au sortir du train pour gravir une longue côte. Rosine, fraîche, gaie, avec de beaux cheveux et vêtue de choses très claires, fit mille gentils tutoiements à Mme de Nelles, qu'elle interrogeait comme une enfant à qui l'on dit : « Tu n'as besoin de rien ? Es-tu contente ? » Il n'y avait que deux places derrière l'ânon. Rœmerspacher marchait à leur côté, sous le grand soleil, au long d'une route qui serpentait parmi les fleurs et les arbres fruitiers. A mesure qu'on s'élevait, la vallée apparaissait domptée, morcelée comme la nature des environs de Paris, et par là plus propre aux sentiments fins et sociables.

Ils visitèrent tout, le petit jet d'eau qui marchait, par exception, en leur honneur, le coin du jardinet où il y avait la plus belle vue, le pêcher qui porte sa première pêche, et ils s'amusèrent à aimer toutes ces choses, pressentant qu'elles garderaient dans leur mémoire le prestige des talismans. Rosine les laissa seuls trois grandes heures qui leur parurent trois minutes. Ils les passèrent dans la demi-obscurité d'une pièce fraîche, puis, quand l'ombre fut venue, assis sur un muret d'où les petits pieds de Thérèse pendaient dans le vide.

Ils se trouvaient très occupés. Leur tendresse s'exhalait par tous leurs mouvements. Il faisait un air d'orage, facile à supporter pour un homme ou pour une femme laide, mais lourd pour une personne délicate, et qui contraignait Thérèse d'une manière dont elle souriait. A la fin, cependant, elle se trouva un peu étourdie, assez pour être plus touchante. Rosine, appelée par Rœmerspacher, la soigna sans le renvoyer.

Une femme n'est jamais plus jolie que si une autre femme s'empresse à la servir et, confidente des sentiments qui la troublent, se mêle à sa toute intimité en lui chuchotant des flatteries sur sa beauté physique et sur ses puissances de plaire. Cette complaisante Rosine faisait une telle atmosphère que Thérèse de Nelles, un peu intimidée, disait à Rœmerspacher :

— Mais qu'est-ce qu'elle croit ?

Au soir, on dîna sur la terrasse, devant la maison. Peu à peu la nuit mit sa gravité sur l'immense paysage jusqu'alors retentissant de canotiers. Rosine parlait avec tranquillité, très simple, un peu cliente. Rœmerspacher, tout en goûtant cette molle société, n'écoutait que le paysage. Sa gentille amie, dans cet instant, le plus voluptueux qu'il eût jamais vécu, prenait de la demi-nuit un caractère encore plus confiant et sans défense ; il jugeait sévèrement les négligences de Sturel et en même temps il s'en réjouissait ; il pensait que l'immortalité dans le paradis chrétien ne vaut pas le bonheur de deux êtres emportés vers la mort et brûlant ensemble leurs belles années.

Dans le lointain, une gare avec ses mille lumières brilla soudain comme un écrin. Et les montrant à Thérèse :

— Ce beau ciel, cette paix, tout ce bonheur du soir, disait-il, c'est vous qui les placez comme une fée autour de nous, mais il fallait aussi ces diamants mêlés à des choses qui sont votre parure.

Leur sensibilité enregistrait toutes les palpitations de ce petit univers, et certains jeux de lumière qui attiraient leurs regards sur le fleuve au fond de la vallée, ils ne purent les revoir par la suite sans que les flots de mélancolie leur vinssent noyer le cœur au souvenir inexprimable du désordre de leurs âmes dans cette soirée.

Quand arriva l'heure du train, ils descendirent la côte à pied, Rosine et Rœmerspacher tenant Mme de Nelles de chaque bras, à cause des pierres roulantes.

Plus encore que le matin, après

une longue journée, il s'attachait à son élégante compagne, en la découvrant soumise aux petites nécessités de la vie. Un peu de sueur sur un joli front, une légère humidité au coin des lèvres, une douce moiteur de la main, tout ce qu'il y a d'animal chez l'être, ajoutent aux motifs d'un jeune homme qui s'éprend. Et puis il voyait qu'avec des moyens différents ils aimaient l'un et l'autre à sortir du convenu, de la moralité et de la hiérarchie mondaines, pour rentrer dans l'humanité. Si les opinions sociales que Rœmerspacher professe choquent toujours la jeune femme, du moins avec lui elle se dégage de son snobisme que Sturel a tant combattu : les simples l'attirent. Peut-être s'égare-t-elle, quand cette fine Rosine, si avertie, avec ses beaux bras, son luxe de jolie lingère, lui apparaît franche et rustique autant que les bûcherons qui mangent du pain noir dans les contes. Mais, avec une imagination toute garnie d'artificiel, Thérèse a le cœur excellent et droit, et elle dit, à propos de sa sœur de lait :

— C'est bon de se sentir ainsi aimée ; cela fait de l'ouate contre la vie.

La journée lui laissait une impression lumineuse et légère, mais au soir, la fatigue du grand air la dominait toute. Il y avait des éclairs d'orage, un recul des objets, un tragique dont elle sentait la puissance, car elle répéta plusieurs fois : « Dieu, que c'est beau ! »

ARLES.

J'étais à Arles depuis quelques jours, et cependant que j'en visitais les mélancoliques beautés, je m'étais mis en relation avec les esprits les plus généreux de l'arrondissement, avec ceux qui sont impatients de toute modification et avec ceux qu'on avait mécontentés. Nous causâmes ensemble des injures subies par la patrie, tant à l'intérieur qu'à l'extérieur, et de politiques nos relations devinrent presque cordiales.

Au milieu de ces délicates démarches, c'est Bérénice qui me remplissait. Arles où rien n'est vulgaire, me parlait de l'enfant du musée du roi René. Ses arênes et ses temples dévastés manifestent que les hommes sont des flétrisseurs ; or si j'ai tant aimé ma petite amie, c'est qu'elle était pour moi une chose d'amertume. Mon inclination ne sera jamais qu'envers ceux de qui la beauté fut humiliée ; souvenirs décriés, enfants froissés, sentiments offensés. Saint Trophime, humide et écrasé, dit une louange irrésistible à la solitude et s'offre comme un refuge contre la vie. J'y retrouve le sentiment exact qui m'emplissait jadis, quand, m'échappant de mes dures besognes ou d'études abstraites, je courais, fort tard dans la soirée, à mes étranges rendez-vous avec Petite-Secousse ; ce n'était, comme on pense, ni amour ni amitié ; dans cette trop forte vie parisienne qui créait en moi la volonté mais laissait en détresse des parts de ma jeunesse, c'était un besoin extrême de douceur et de pleurs.

AIGUES-MORTES.

Aigues-Mortes ! consonance d'une désolation incomparable ! Dans le train si lent à traverser la Camargue, je m'imagine ces mornes remparts qui depuis sept siècles subsistent intacts. J'évoque ces mystérieux Sarrasins, ces légers Barbaresques qui pillaient ces côtes, et fuyaient, insaisis même par l'Histoire. Aigues-Mortes, le vieux guerrier qu'ils assaillaient sans trêve, est toujours à son poste, étendu sur la plaine, comme un chevalier, les armes à la main, est figé en pierre sur son tombeau.

Sur ce plat désert de mélancolie où règnent les ibis roses et les fièvres paludéennes, parmi ces duretés et ces sublimités prévues par mon imagination, la belle petite fille vers qui j'allais m'excitait infiniment.

Quand je descendis de la gare, déjà les grenouilles avaient commencé leur coassement ; il n'était pas encore cinq heures, mais cette plaine immense, toute rayée de petits canaux, est leur fiévreux royaume. Une jeune fille à qui je demandais la villa de Rosemonde m'offrit à me conduire ; nous contournâmes les hautes murailles, puis quittant l'ombre de la ville, muette et dure dans sa haute enceinte crênelée, nous nous engageâmes sur une chaussée étroite entre deux eaux stagnantes. C'est à quelque cent mètres, sur un terre-plein, que je trouvai la pâle maison de Bérénice, faisant face au soleil couchant. Cinq à six arbres l'entouraient, les seuls qu'on aperçût dans cette vaste étendue où cette soirée d'hiver mettait une transparence de pleine mer. A l'entrée de son grêle jardin, ma chère Bérénice m'attendait, et je ne verrai de ma vie un geste plus gracieux que celui de son premier accueil.

Cette année, la mode était des couleurs jaunes, vieux rose, violet évêque, scabieuse et vert d'eau ; elle portait une robe exquise de l'un de ces tons, et le paysage, avec ces étrangetés de l'hiver méridional, faisait voir des couleurs identiques ou complémentaires.

Cette pâle maison de Rosemonde, rosée à cette heure d'un étrange soleil couchant, me séduisit dès l'abord par l'inattendu d'une installation sobre et froide d'Angleterre, au lieu du taudis méridional que je redoutais. Petite-Secousse faisait là aussi étrange figure qu'une brillante perruche des îles dans une cage de noyer ciré. Je crus y sentir une maison d'amour, glacée par l'absence d'amour ; mais la petite main brûlante qu'elle me tendit plusieurs fois pour me témoigner son contentement de me revoir me donnait la fièvre.

Singulière fièvre ! Elle me montra qui jouait dans son jardin, un de ces ânes charmants de Provence, aux longs yeux résignés, et des canards un peu viveurs et dandineurs, qui des étangs revenaient pour leur repas du soir.

UNE PAGE DE LA VINGTIÈME ANNÉE.

C'était sur le bois de Boulogne le ciel bas et voilé des chansons bretonnes. Il revint doucement, en voiture, sur le pavé de bois, un peu gêné du luxe abondant des équipages, et satisfait de n'avoir aucun labeur pour cette soirée ni le lendemain. Il dîna sans énervement, dans un endroit paisible et frais, servi par un garçon incolore. Il n'eut pas conscience des phénomènes de la digestion, et attablé devant le café élégant et désert d'une silencieuse avenue, il goûta sans importuns le léger échauffement des vingt minutes qui suivent un sage repas. Dans le soir tombant, un peu froid pour faire plus agréable son londrès blond parfaitement allumé, il contemplait de vagues métaphysiques, charmantes et qu'il ne savait trop distinguer des fines et rapides jeunes filles s'échappant à cette heure de leurs ateliers ingénieux de couture. Étaient-elles dans son âme ou les voyait-il réellement sous ses yeux ? Pour qu'il prît souci de l'éclairer, cet affaissement rêveur était trop doux.

Bientôt, mortifié des durs bâtons de sa chaise, il se leva et dut choisir une occupation, un lieu où il eût sa raison d'être ce soir dans cet océan mesquin de Paris.

... A dix minutes de marche, il sait un endroit certainement plein de camarades. On arrive, on est surpris et illuminé de se revoir ; on se serre cordialement la main, chacun selon son tic (deux doigts avec nonchalance, ou cordialement *en camarade loyal*, ou d'une main humide, ou sans lever les yeux *à l'homme préoccupé*, ou en disant : mon vieux). Puis quoi ! les bavardages connus, les doléances, les petites envies. Auprès de ces braves gaillards, identiques hier et demain, je n'irai pas risquer ma quiétude. Tandis que les muscles de leurs visages et les secrètes transitions de leurs discours révèlent qu'ils mettent leur honneur et leur joie dans les médiocres sommes et faveurs où ils se hissent, ils n'arrêtent pas de stigmatiser, avec emportement et naïveté, les concessions, de leurs aînés. Le plus agaçant est, que cramponnés à des opinions fragmentaires qu'ils reçurent du hasard, ils s'indignent contre celui qui tient d'égale valeur ce qu'ils méprisent et ce qu'ils exaltent, comme si toutes attitudes n'étaient pas également insignifiantes et justifiées.

Dans le monde, à ce début de l'été, plus de réceptions tapageuses. Aux salons reposés et frais, quinze à vingt personnes se succèdent doucement, qui approuvent quelque chose en prenant une tasse de thé. Que n'allait-il s'y délasser ? On rencontre, dans la société, à défaut d'affection, des gens affectueux et bien élevés. Les impressions qu'on y échange, prévues, un peu trop lucides, du moins n'éveillent jamais ce malaise que nous fait la verve heurtée des jeunes gens. « Peu répandu, je sais mal, avouait-il, l'intrigue de ces banquiers, fonctionnaires, politiciens et mondains ; je ne distingue guère leurs politesses, et dans un milieu de bon ton, je tiens volontiers galant homme tout causeur bienveillant et bref. » Hélas ! sa douloureuse sensibilité lui fermait ces élégants loisirs. Il le confessait avec clairvoyance : « Je n'ai pas souvenir d'une connaissance de salon, la plus frivole et furtive, qui ne m'ai mortifié dès l'abord par quelque parole, insignifiante mais où je savais trouver, malgré que je me tinsse, de la peine et de l'irritation. J'excepte deux ou trois femmes qui me distinguèrent avec un goût charmant, et leur accueil m'eût transporté, si l'impuissance de paraître en une seule minute tout ce que je puis être, n'avait alors gâté mon naïf épanouissement et si profondément qu'aujourd'hui encore, dans mes instants de fatuité, la soudaine évocation de ces circonstances me resserre. » Imagination pénible, qu'à part soi il comparait à la vanité pointilleuse des campagnards, mais enfoncée si avant dans sa chair qu'il pouvait la cacher, mais non point ne pas en souffrir.

Il alla simplement se promener au parc Monceau.

Quoique le soir elle sente un peu le marécage, il aimait cette nursery. Là, solitaire et les mains dans ses poches, il se permettait d'abandonner l'air gaillard et sûr de soi, uniforme du boulevard. Tant était douce sa philosophie, il estimait que choquer les mœurs de la majorité ne fut jamais spirituel. « Les gens m'épouvantent, ajoutait-il, mais à la veille d'un dimanche où je pourrai m'enfermer tout le jour, j'ai pour l'humanité mille indulgences. Mes méchancetés ne sont que des crises, des excès de coudoiement. Je suis, parmi tous mes agrès admirables et parfaits, un capitaine sur son vaisseau qui fuit la vague et s'enorgueillit uniquement de flotter... Oh ! je me fais des objections : petites phrases de Michelet si pénétrantes, brûlantes du culte des groupes humains ! Amis, belles âmes, qui me communiquez au dessert votre sentiment de la responsabilité ! moi-même, j'ai senti une énergie de vie, un souffle qui venait du large, le soir, sur le mail, quand les militaires soufflaient dans leurs trompettes retentissantes.

— Ce n'est donc pas que je m'admire tout d'une pièce, mais je me plais infiniment. »

Dans son épaule, une névralgie lancina soudain, qui le guérit sans plus de sa déplaisante fatuité. Humant l'humidité, il se hâta de fuir. Puis reprenant avec pondération sa politique :

« La réflexion et l'usage m'engagent à ensevelir au fond de mon âme ma vision particulière du monde. La gardant immaculée, précise, et consolante pour moi à toute heure, je pourrai, puisqu'il le faut, supporter la bienveillance, la sottise, tant de vulgarités des gens. »

La vaste pièce qu'occupait le musée dans cette lourde et humide construction était chauffée pendant l'hiver et toujours fraîche au plus fort de l'été.

La petite fille y passa de longues après-midi, seule parmi ces beautés finissantes qu'elle vivifiait de sa jeune énergie et qui lui composaient une âme chimérique.

Les murs de cette salle étaient recouverts d'une tapisserie de haute lice, connue sous le nom de chambre aux petits enfants, toute semée de grands herbages, de petits enfants et de rosiers à roses, parmi lesquels plusieurs dames à devises faisaient personnage d'Honneur, de Noblesse, de Désintéressement et de Simplicité.

Honneur était si fort mangé des vers que Bérénice ne put savoir au juste ce que c'était ; de Noblesse, elle distingua seulement la belle parure ; mais Désintéressement et Simplicité lui sourirent bien souvent, tandis qu'elle les contemplait, haussée sur la pointe des pieds, pour mieux les voir et pour ne pas effaroucher le silence qui est une part de leur beauté.

Peut-être quelquefois l'enfant les déchira-t-elle légèrement du bout des doigts, énervée par les longs mistrals, tandis que le petit village sonnait chaque heure avec une précision inutile au milieu de ce désert. Mais toute sa vie elle n'aima rien tant que ces dames de Désintéressement et de Simplicité, doux visages qui évoquaient pour elle les résignations de la solitude.

LA PRIÈRE FINALE DE SOUS L'ŒIL DES BARBARES.

O Maître,

Je me rappelle qu'à dix ans, quand je pleurais contre le poteau de gauche, sous le hangar, au fond de la cour des petits, et que les cuistres, en me bourreaudant, m'affirmaient que j'étais ridicule, je m'interrogeais avec angoisse ! « Plus tard quand je serai une grande personne, est-ce que je rougirai de ce que je suis aujourd'hui ? » — Je ne sais rien que j'aime autant et qui me touche plus que ce gamin, trop sensible et trop raisonneur, qui m'implorait ainsi, il y a quinze ans. Petit garçon, tu n'avais pas tort de mépriser les cuistres, dispensateurs d'éloges et ordonnateurs de la vie, de qui tu dépendais ; tu montrais du goût de te plaire, de fois à autre, par les temps humides, à pleurer dans un coin plutôt que de jouer avec ceux que tu n'avais pas choisis. Crois bien que les soucis et les prétentions des grandes personnes ont continué à m'être souverainement indifférents. Aujourd'hui comme alors, je sens en elles l'ennemi ; je ris d'elles, je retrouve le dédain et la timidité que t'inspirait la médiocrité de tes maîtres.

Rien de mes émotions de jadis ne me paraîtrait léger aujourd'hui. J'ai les mêmes nerfs ; seul mon raisonnement s'est fortifié, et il m'enseigne que j'avais tort, quand tous, m'ayant blessé, je disais en moi-même : « Ils verront bien, un jour. » Chaque année, à chaque semaine presque, j'ai pu répéter : « Ils verront bien », ce mot des enfants sans défense qu'on humilie. Mais je n'ai plus le désir ni la volonté de manifester rien qui soit digne de moi. L'effort égoïste et âpre m'a stérilisé.

Il faut, mon maître, que tu me secoures.

Je n'ai plus d'énergie, mais compte qu'à la sensibilité violente d'un enfant je joins une clairvoyance dès longtemps avertie Et je te dis cela pour que tu le comprennes, ce n'est pas de conseils, mais de force et de fécondité spirituelle que j'ai besoin.

Je sais que ce fut mon tort et le commencement de mon impuissance de laisser vaguer mon intelligence, comme une petite bête qui flaire et vagabonde. Ainsi je souffris dans ma tendresse, ayant jeté mon sentiment à celle qui passait sans que ma psychologie l'eût élue. Le secret des forts est de se contraindre sans répit.

Je sais aussi — puisque le décor où je vis m'est attristé par mille souvenirs, par des sensations confuses incarnées dans les tables du boulevard, dans les souillures de ce tapis d'escalier, dans l'odeur fade de ce fiacre roulant, — je sais des endroits intacts où veillent mille chefs-d'œuvre, et quoique j'aie toujours éprouvé que les choses très belles me remplissaient d'une âcre mélancolie par le retour qu'elles m'imposent sur ma petitesse, je pense qu'une syllabe dite doucement les passionnerait

Je sais, mais qui me donnera la grâce ? qui fera que je veuille ? O maître, dissipe la torpeur douloureuse, pour que je me livre avec confiance à la seule recherche de mon absolu.

Puisqu'on a dit qu'il ne faut pas aimer en paroles mais en œuvres, après l'élan de l'âme, après la tendresse du cœur, le véritable amour serait d'agir.

Toi seul, ô mon maître, m'ayant fortifié dans cette agitation souvent douloureuse d'où je t'implore, tu saurais m'en entretenir le bienfait, et je te supplie que, par une suprême tutelle, tu me choisisses le sentier où s'accomplira ma destinée.

Toi seul, ô maître, si tu existes quelque part, axiome, religion ou prince des hommes.

Les noms heureux des belles villes du Sud sont liés aux mornes images de la mort. Parmi nos parents, nos amis, plusieurs achevèrent leur vie à Menton, à Hyères et à Pau. Le plus souvent jeunes encore. Et le soleil qui perce l'hiver pour réjouir ces villes fortunées n'obtient pas que j'oublie des rayons prématurément glacés.

Les stations du littoral me semblent des tombes fleuries que frappe un flot d'azur. Mais, sous un ciel couvert, Pau surtout, avec sa douceur qu'aucun souffle jamais n'excite, prête à de mortelles rêveries.

Si j'essaie de me rappeler le temps que j'ai vécu depuis ma jeunesse, je n'y retrouve que mes rêves. En remontant leur pente insensible, je m'enfonce dans une demi-obscurité qui leur est facile comme les nuits d'Orient. Elle me laisse apercevoir seulement des ruines et des feuillages, ce sont quelques images illustres et des temples, que jadis j'ai interrogés, et puis les lauriers, les chênes verts d'Italie, les jardins parfumés d'Espagne, qui m'ont excité à jouir de la vie. Sur ce petit chemin et dans cette atmosphère romanesque, il ne manquait rien qu'un tombeau. Celui qui dans un terme si court vient d'être enlevé au compagnon de ces grandes débauches de poésie, pendant lesquelles nous avions presque effacé la vie réelle, m'avertit de l'unique réalité.

Voici la Lorraine et son ciel : le grand ciel tourmenté de novembre, la vaste plaine avec ses bosselures et cent villages pleins de méfiance. O mon pays, ils disent que tes formes sont mesquines ! Je te connais chargé de poésie. Je vois sur ton vaste camp des armes qui reposent. Elles attendent qu'un bras fort les vienne ressaisir.

« Jeanne était toute bonne. » Quel mot délicieux qui vêt et fleurit de soleil la petite fille ! Quel enchantement parmi tous ces détails ! Nul ne me fera de reproche si je ralentis notre pas. On est près de la terre : on entend respirer cette belle campagne et sa fidèle population ; on voit les points de suture qui relient le monde gaulois au monde catholique romain. Dans ce paysage qui n'a pas bougé, si l'on médite ces vieux textes, on s'enrichit d'une intelligence qui ne diffère pas de l'amour.

C'est à ces lieux que la vierge pensait quand elle dit telle parole qui nous mène, à mon jugement, le plus près de son âme. Elle était prisonnière ; les durs légistes la tenaillaient de leurs subtils arguments, car ils eussent voulu qu'elle mourût en doutant d'elle-même et désespérée. Ses apparitions, disaient-ils, étaient diaboliques et l'avaient trompée, puisqu'elles l'abandonnaient. D'un élan sublime de simplicité, elle répondit à ces tentateurs : « Si j'étais au milieu des bois, j'y entendrais bien mes voix. »

Quel silence nous courbe après un tel éclair ! Nous sommes contraints de méditer. Ce n'est point Jeanne seule qu'il illumine. Il nous aide à discerner parmi d'épais nuages le caractère et la formation des faveurs surnaturelles. « Si j'étais au milieu des bois... » Cette parole s'empare de nous, saisit notre cœur et notre intelligence pour toujours. Ce n'est point comme tant de mots où nous nous définissons, une lointaine traduction c'est de l'âme nue sous nos yeux. La vierge a révélé son secret et les moyens de son ascension. Il semble que par une fissure nous voyons sourdre la source. Voilà donc comment s'émeut la part divine, pour ainsi parler, qu'il y a dans l'homme. Une jeune fille de dix-neuf ans, illettrée, nous oriente vers la plus poétique et la plus forte conception de la vie ! Souvent nous fûmes dans le sillage de telle femme éclatante, privée de cœur et de cerveau, mais par qui nous entendions les sourdes raisons de l'espèce ; rien ne peut être comparé au bénéfice qui nous augmentera si nous suivons la pure vierge que l'exaltation de son cœur et de son cerveau semble animer de folie : elle nous mène au trésor mystérieux, aux réserves de la nature. Dans ces paroles de Jeanne fraîchissent les nappes souterraines de la vie, de la vie commune à tous les êtres. Le pauvre oiseau captif qui, dans sa cage, n'entend plus sa volonté de vivre, l'enfant qui s'hébète au collège par manque de tendresse, l'artiste que stérilisent les salons, sentent confusément ce qu'exprime avec une sereine puissance cette vierge pour qui le monde surnaturel existait. Ils se définissent dans son cri : « Si j'étais au milieu des bois, j'y entendrais bien mes voix. »

Il est des jours qui sont des îles... Au bord d'une telle journée de l'automne en Lorraine, viennent battre les sombres flots de l'hiver parisien. Mais plus sombres l'entourent les nuages, les neiges et les pluies de toutes nos vies médiocres. Divine douceur de ce chétif paysage si mol et si fort, racinien et cornélien ! Il brise le cœur et l'affermit. Perpétuel attendrissement, mais qui formerait des héros.

LES CANTILÈNES QUI PURIFIENT.

Pour nous débarrasser d'influences trop belles qui sont en nous comme des poisons et ne nous laisseraient pas vivre, tâchons qu'elles s'exhalent de notre conscience en déchirantes cantilènes d'exilés.

Extrémités du désir, pointes vers l'impossible, brûlants appels, sanglots, regrets ! Voici derrière des grillages une jeune force irritée ; voici le fils sur la tombe, le proscrit à qui l'on rapporte le détachement de ses amis, le jaloux qui n'ignore pas combien elle est charmante dans l'amour. Des images qui ne peuvent plus vivre sollicitent tous mes sens, et c'est à les parfaire, démence ! que j'occupe mon énergie. Il est des Lourdes sur toute la terre ; les plus incrédules écoutent d'absurdes promesses de bonheur. De telles minutes où l'on s'enfonce plus avant que l'espérance nous maintiennent sur le fil de notre mince et pure destinée. Je me croyais si loin ! Bien au contraire, j'ai tant reculé ! Nos voix de désirs font un écho de nos vies antérieures. Ma chanson heurtée, elliptique, c'est le haut chant de mes profondeurs, c'est un oiseau de mes ténèbres qui volette dans mon plein jour. Quel scandale ! Mon cri, qui m'étonne, m'oblige tôt à m'interrompre.... O terre mangée de caresses, ô belles grottes de l'espoir, conseillères de toute confiance, combien vous êtes douloureuses !

Je n'attends point que dans l'amour-passion Philippe rencontre le bonheur, puisqu'il ne gît qu'au fond de la sérénité. Mais dans son ardeur à souffrir, à conquérir un tendre objet fragile, je souhaite que son désir se nuance de fierté, de beauté, comme on voit chez Racine.

Qu'une jeune femme l'accueille, qu'elle soit pure, brûlante et de divine fantaisie ; qu'il meure à la pression d'une si petite main, à l'éclair de ce regard, au passage d'un nuage sur ce tendre, sur cet éclatant visage : il connaîtra en quelques semaines le déchaînement de ses puissances les plus secrètes, la subtilité de l'amour tel que l'ont policé les poètes, et sur son cœur, comme sur les sables égyptiens le Nil, le cœur d'une femme soudain va s'épandre, à l'imitation duquel il recommencera de vivre.

Une belle vie a des saisons. Qu'elle se fane, ce n'est point nécessairement la mort. Sur une tige plus forte et d'un sol nourri de désastres, je vois qui veut refleurir un plus beau chant de confiance.

La nuit couvrait les espaces, la terre ne semblait qu'un aride gravier ; nul amour ne montait du jardin, nulle gloire ne tombait des cieux et pourtant, à notre insu, il y avait une divine préparation. Si les branches se courbaient, c'était du poids de leurs parfums, nous ne semblions abattus qu'à cause de nos désirs sans objet et le souffle de la grâce pouvait mollir, ordonner ce chaos. On le vit bien quand, au milieu de ce silence, soudain une voix chanta, jet d'eau pour féconder notre dessèchement, fusée-signal dont la courbe souveraine et la pluie de feu ne me laissèrent plus ignorer quel était le centre du monde.

Qu'importe si le rossignol chante sur un arbre étranger ! C'est en moi que sa chanson, qui montait vers le grand ciel froid, a pénétré pour jusqu'à ma mort.

. . . .

Que sera-ce si l'un de mes mots, le plus secret et si douloureux d'invincible désabusement, passe dans son divin gosier et par son chant revient sur mon cœur, comme une pluie de musique, fondre toute sécheresse ?

Nous avons marié nos parts immortelles, et la mauvaise circonstance qui ne nous laisse d'appui sur aucune réalité, qui nous oblige à soutenir notre amitié par la noblesse permanente de l'intention, deviendra pour nous, contre toute hypothèse, le douloureux moyen d'une merveilleuse création.

. . . .

Comme je sais d'autres formes de l'honneur que l'honneur à la française, je sais aussi d'autres amours. Et, par exemple, croyez-vous qu'on ignore les somptueuses et déchirantes ivresses, tout le vaste flot de l'Asie, qu'un Tristan, qu'une Yseult, nous versent à nous submerger ? Leurs philtres m'enivrèrent, me corrompirent, m'allaient dissoudre. Ah ! combien ils me gênent encore ! On ne chasse plus Tristan et Yseult s'ils mirent un jour leur poison dans nos veines. Accablante musique, et qui veut notre ruine ! En vain, comme le sage Ulysse, me ferais-je attacher au mât ; j'arrache tous mes liens ; ardent jusqu'au désespoir, je veux chercher sous le flot les sirènes.

Ces magnifiques divinités, bien différentes de nos claires déesses françaises, ne sont humanisées qu'à mi-corps ; elles demeurent engagées dans la plus brutale animalité. Forces presque élémentaires, bien loin qu'elles règlent et ennoblissent notre activité, elles ne peuvent rien nous donner que le délire vers les gouffres, une sombre ardeur au suicide.

Et qui donc n'aimerait cette mort? Celui qui connut un tel chant est rassasié de la vie.

Je pense souvent aux jeunes guerriers que le Vieux de la Montagne, dans ses hauts châteaux du Liban, transportait, tout endormis, pour qu'au réveil ils vissent des fleurs, des festins et des femmes. Ils se saoulaient de réalités plus belles que leurs rêves. Après une longue journée d'inoubliables enchantements, ces rustres, assoupis de nouveau par le philtre, se réveillaient dans leurs dures casernes. Et le maître leur disait : « J'ai voulu que vous connussiez ce qui gît pour mes serviteurs dans le tombeau ; vous savez quelles douceurs la mort réserve à mes fidèles... « Désormais ces insouciants, devenus de graves exilés, ne vivaient plus que pour guetter l'ordre, le geste qui leur permettrait de bondir par les portes de la mort dans les paradis éprouvés...

Nous n'espérons point dans la mort rejoindre les magnifiques extases que nous connûmes dans les hauts châteaux wagnériens, mais nous appelons le sommeil, parce que nous voilà gorgés d'impossibles nostalgies. Voyons clair, et, si c'est notre lâche dessein de nous abandonner, livrons-nous à ce flot stérile, à cet appétit du néant. Mais si nous préférons l'allégresse créatrice, la belle œuvre d'art française, rejetons le poison de l'Asie. Aussi bien sa brutale action nous empêche de sentir délicatement. Nous sommes d'un pays où l'on ne put impunément permettre aux jeunes garçons d'écouter les filles de Saint-Cyr qui disaient les stances d'Esther. Un long stylet pénètre nos cœurs si nos yeux suivent les vers de Racine.

La beauté des jeunes femmes est distribuée sur les diverses parties de leur corps ; aussi, pour la goûter, faut-il beaucoup de soins et leur grande complaisance, mais cette beauté, quand elles vieillissent, se fixe toute sur leur visage. C'est ainsi que, dans ma jeunesse, j'ai cru la beauté dispersée à travers le monde et principalement sur les régions les plus mystérieuses, mais aujourd'hui j'en trouve l'essentiel sur le visage sans éclat de ma terre natale.

. . . .

A vingt ans, l'on se persuade que les villes fameuses sont des jeunes femmes. On se hâte, le cœur en désordre, vers un rendez-vous d'amour : l'alcôve est vide, tout est de pierre. Caveaux écussonnés de fortes devises qui ne sont point les nôtres, Venise, Sienne, Cordoue, Tolède, vous savez si je vous pressais avec une généreuse ardeur ; mais, derrière vos langueurs qui sortaient de moi tout mon sang, qu'ai-je trouvé qui me touchât l'âme ?

Grandeur d'âme, beauté, passion, sacrifice, l'on vous situe d'abord dans les villes légendaires, car l'on voit trop que vous ne croissez pas aux pavés de notre ville de naissance ;

mais au retour d'un long voyage à travers les réalités, quand on n'a vu qu'un sable aride, ou pis encore d'irritantes fièvres, si l'on garde assez de ressort pour échapper au désabusement, on n'attend plus rien que de cette musique intérieure transmise avec leur sang par les morts de notre race.

. . . .

TABLE

Mayenne, Imp. Ch. Colin

www.ingramcontent.com/pod-product-compliance
Ingram Content Group UK Ltd.
Pitfield, Milton Keynes, MK11 3LW, UK
UKHW022117190726
13855UKWH00003B/922